JN057921

平野美智子
HIRANO Michiko

文芸社

目次

門出

九州の新婚旅行から帰って新しい住まいに直行した。まず夫から私に通帳と印鑑。受取人名義を私に直した保険証券がさし出された。

私も同じように通帳を。相談したかのように三十万円、同額だった。

私達の結婚は、何から何まで無い無い尽くしのスタートだった。

前年に下見に訪れた夫の住まいは、小高い丘の上に建つ木造二階建てのアパートで、広さは六帖一間、お風呂は無かった。

雨の日風の日寒い日に、この坂道を上り下りしての銭湯通いを考えるとぞっとした。だから私のつけた条件は二つ。風呂付きのアパートをみつけて。電話をひいて。

その頃、夫の仕事の顧問先の社長さんから「結婚するんだってね。おめでとう」と祝ってもらった夫は「それが、ちっともおめでたくないんだ」と、件（くだん）の二つを語りだす。

「だったら、ウチのアパートがひと部屋空いてるから使って」

それは、建ったばかりの新築マンションで、家賃は四万五千円。

「俺の給料は安いんだ。五万円だし、とても払えないよ」

「なら、一万五千円でいいよ」とまことに太っ腹な申し出が。

この社長さんは、夫より少し年上で、夫のことをとても気に入っていた。また、情に厚く、面倒見のよい人だった。損得ぬきで提案してくれて、私達は喜んで使わせてもらうことに相成った。昭和四十八年二月のことだった。

夫は見栄を張らない。卒直、実直、正直者。年長者、年少者、仕事仲間等多くの男達から絶大な信頼を寄せられていた。

この社長さんご夫妻は、よく私達の部屋にいらしては、何かといろいろ教えてくれた。見ず知らずのこの土地が、いっぺんに近づいてきた。

その流れから、私にアルバイトを勧めてくれて、早速社長さんの会社で働くことなる。

給料は四万五千円。仕事内容からいって、破格の厚遇である。つまりは、夫へのその思いを有り難く頂戴し、受け取るとそっくりそのまま貯金した。

暮らしは夫の給料だけで賄い、ボーナスは無かったものと思って全額貯金した。

百万円がすぐ貯まり、調子に乗って「貯蓄増強中央委員会・我が家の家計簿コンクール」に応募。入賞した。

県民ホールで授賞式があって、翌日の朝刊の神奈川版に名前や写真が載った。

このことを夫はとても喜んでくれたようで、私はそのことを、昨年初めて夫の先輩から聞かされて驚いた。私には一言のコメントも無かった。

夫は、初めは、私のことをしまり屋の女房と思っていたかもしれない。だが歳月を重ねるとともに、とんでもない道楽者とわかって、さぞかし慌てたに違いない。

子育て

この2DKは三室とも東向き。六帖と四帖半の和室二間。DKは四帖半の板の間で、ベランダに洗濯機が置けて洗い物も干せた。

西に玄関、トイレ、お風呂と続き、押し入れも広く、コンパクトながら使い易かった。

四階建てで二十世帯が暮らしていた。似たり寄ったりの家族構成で、マンションの駐車場には子供達の歓声が絶えず谺（こだま）していた。

ここで足掛け九年を過ごした。何もかも新鮮で珍しく、三人の子を育てて人生の華だった。

近くには鶴見川が流れていて、散歩の時は、堤防の上から飽くことなく水を見つめていた。

私が育った地には利根（とね）川の流れがあって、その頃のことなど懐かしく思い出された。

また、横浜銀行のグラウンドが市民に開放されていたから、子供を遊ばせるのにもってこい。ケガの心配もなく存分に走らせた。

少し歩けば大倉山公園梅林があり、ここへもよく行った。梅が咲くと思い出す。

東横線に乗れば十分少々で横浜駅。高島屋で買い物をし、そのまま足を延ばして関内(かんない)や大桟橋へも行った。

子供の頃、父に連れられ、この港に来たことがあった。八千トンの船にびっくりした。今はもう、もっと大きな船が横付けになっていた。

このマンションでは子供の年齢つながりで、和歌山県出身のＩさんと親しく往き来した。

一番楽しかったのが、全員揃ってチャリでのおでかけ。まずは菊名の図書館だ。長女達は必死でペダルをこいで、二十分走ってくれた。

Ｉさんは、三歳のＪちゃんを後ろに乗せ、借りた本など私の分まで、前のカゴに入れてくれた。私は、後ろの席に三歳の二女を乗せ、前には補助椅子を付けて一歳の長男を乗せた。

大豆戸（まめど）の信号を渡る時はドキドキした。長い広い交差点できつかったが、若さと馬力で難なく乗り越える。その勢いでもう少し足を延ばして鶴見区まで行く。ここには三ツ池公園という、起伏に富んだ広々とした県立公園があったから、お弁当と水筒持参で一日中楽しんだ。

Iさんとの日々は、さだまさしさんゆかりの師岡熊野神社に行ったり、東急ストアに行ったりと、どれもこれも忘れ難い思い出ばかりである。

十二月、長女が六歳になって翌春、小学校に入学した。Iさんが、M子ちゃんとお揃いですてきなジャンパースカートを縫ってくれたっけ。ただ狭い部屋に学習机を置くと、手狭だし息がつまりそうだった。二女の入学前に家を購入しなくては、と休みの度に探し回った。建売、マンション、分譲地、どれもみな抽選に外れる有り様で、途方に暮れる。

その頃、横須賀線と総武線の相互乗り入れが実現し、千葉県が視野に入ってきた。

長女が小二の春、新聞広告を見て初めて、現在の住まいであるこの地へやって来た。が、またもや外れてしまう。

ちっとも当たらないのだ。くじ運のなさにため息ばかり。

翌週、また、この地の別物件の広告が入り、即、動きだす。

今度は当選した。そして、引っ越し、転校手続きといっぺんに忙しくなる。

五月末、心を残して横浜市とお別れした。


夫はこの時、今まで通り、関内まで通勤した。朝は朝星、夜は夜星、星を仰いでの、東京を越えての通勤のきつさは大変なものだったと思う。まさに〝痛勤〟。

言葉通りだったはずで、今更ながら申し訳なさでいっぱいだ。

夫流、お金の扱い方

夫は仕事柄か性格か、お金の捌き方がとてもきれいだった。たくさん思い出す。パチンコが好きで、またギャンブル運も強かったのか、よくチョコレートをどっさり持ち帰ってきた。

私は甘い物には関心がない。あの、山のようなチョコレートをどう始末したのやら。まだ二人暮らしの時だった。

その後、月日が経って、子供達がお金のことなど少しわかってきた頃だったか、ある日、どっさり硬貨を持ち帰り、皆の目の前でバァーッと広げた。

「好きなだけ取っていいぞ。でも、これはあぶく銭。だから思いっきりバカなことに使えばいいんだ」

三人の眼が吸い寄せられ、たちまち分捕り合戦だ。外された私の眼も点になる。

成る程ねぇ、汗水たらして得た正しいお金と、こうした正しくないお金と、二種類あるのか。

使い方を間違えてはいけないということか。

私の初めての海外旅行はハワイだった。二女が中学生の時だった。仲良しのOさんが娘のお弁当作りを申し出てくれて、何も考えずルンルン気分全開だった。

明日出発というその夜に、夫は、「これ……」とだけ言って封筒をよこした。開けてみると、二十万円も入っていた。

自分勝手な女房だけど、他人の中で切ない思いをせぬようにと用意しておいてくれた。

申し訳なさともったいなさとで、とてもじゃないが使えない。翌朝、すぐ銀行の口座に納めてしまった。

いうなれば、義理でゆく旅であり、無駄遣いなど絶対したくなかった。

その次の時も、また。

今から二十年前、パリ旅行に当選した。その時夫は入院中だった。が、娘達が「せっかく当たったのだから、行ってきて。パパのことは私達がみるから」と言って背中を押してくれた。

迷いつつ、ためらいつつ、やっぱり行きたいパリなのだ。

恐る恐る夫に告げると「こんな時に。本当にまァ。よくもまァ」とその眼が語っていた。

どれだけあきれ、がっかりしたことだろう。それなのに、この時も、私に十万円もよこした。

もちろん、自重した。使うことはなかった。一体この人は何なんだろうと思わずにはいられなかった。

自分がお金で苦しい切ない思いをしたからこそ、こんなにも優しいのだと、それだけはわかった。

そんな甘っちょろい私に、だが一度だけ、雷が落ちた。
勉強したくなって、通信教育の教材を取り寄せた時のことだった。
夫は、見たこともない冷たい眼で「あんたは、人の金で勉強しようというのか
――」と一言。
心臓が止まりそうだった。
私は根本を間違えていた。パートに出て、まず自身でお金を用意するべきだった。
鉄槌を下されて、顔から火の出る思い。激しく落ち込んだ。
これは、生涯忘れられない、忘れてはいけない重い言葉だった。
私達は、夫婦なのだ。親子ではない。紙切れ一枚のつながりでしかない。
そこを誤ってはならないのだ。

親と子、その他との違い

親は、その全力をもって子供を育てなくてはならない。教育も、また然り。たとえ、その資力が無かったとしても、代わりに伯叔父母（おじおば）やきょうだいに負担してもらったら、してもらった側としては生涯頭が上がらない。

親にしてもらうのとは違うのだ。

行きたくても大学に行かせてもらえなかった夫が、それら多くの無言の思いを内に秘めていたのは当然だったのに、何も考えずわきまえず、甘ったれた自分が惨めで恥ずかしかった。

いっぺんに目が覚めて深く反省した。そして改めて「こんな男、見たことない」と感心するばかりだった。

夫が、男達からあれだけ信用される理由は、要するにこれなんだとはっきり見えてきた。厳しくて温かい。そして、目立たぬやり方で黙ってしてくれる。

私も、こうなりたいと秘かに思った。つまり、陰徳を積むということ——。

父のことを思い出す。

二十六年前に亡くなった父は、長男であり跡取りだった。成績抜群だったから、当時の農学校に進んだ。が、祖父は経済観念の無い人だったから、学費は、次弟であるＡ叔父が出してくれた。

ここまではいい。が、この先が駄目だった。Ａ叔父さんは節約家であり、経済面ではある意味秀れていた。若い頃、実家が傾いて人手に渡りかけた時、取り戻してくれたこともあって、祖父は次弟に頭が上がらなかった。

なので、息子への学費援助まで、あっさりと受け入れてしまう。父は、ずっと重たい荷を背負って、どんなに苦しかったことだろう。Ａ叔父さんを嫌っていた。

私がまだ子供の頃、Ａ叔父さんは、何ヶ月も泊まり込んで、三つ先の駅近くにある教習所に通った。もちろん、都会に住んでいるから、自宅の近くに教習所は在ったと思う。なのに、わざわざ東京を越えてはるばるこの田舎までやってきた。

実家なら宿代はかからない。三食提供してもらえる。随分と重宝な家だった。口を開けば「儂（わし）はなァ」と自慢話をする、恩をきせて能書きたれる。うんざりだった。

してあげたことは、さっさと忘れたらよいのだ。してもらったことはいつも念頭に置けばよい。だが、それができないのがこの世の我らか。

親になら、してもらって当たり前。というか、何も思い患うことなく心底頼って甘えられる。

でも、それがおじだったり兄だったりすると、ちょっと違ってくるのだろう。遠慮なり配慮なり、慮（おもんぱか）る必要が生じてくる。〝慮〟は大事だが、しかし何とも気が重くなる。

だが夫は、自分が得られなかったそれを、思慮深さとともに、子に惜しみなく注いだ。

ある意味、幸せな父子だったと思う。

夫婦の間も同じこと

私は人との距離の取り方が下手で、いつも迷ってばかり、失敗ばかりだ。出過ぎたり、出足りなかったりと、未だにそのさじ加減に苦心する。きっと、死ぬまで、何度も懲りて暮らすのだろう。

夫には、あと二回怒られた。一つは、今もって理由がわからない。多分、私が言ってはならない一言を言ってしまったのだろう。

ある日気付いたら、二階の和室の壁が凹んでいた。女を殴る卑怯者ではないから、私を殴る代わりに壁を殴ったのか。物であれ家であれ、人一倍大切に扱う人が一体なぜ？

きっと私が能天気そのままに、夫の地雷を踏みつけて無傷で立ち去り、全身これ怒りの夫があいう形をとったということか。

聞いても答えてくれないから謝りようがない。夫はそこにパテを塗りこめて一応直した。その、白い跡を目にする度に、チクリと胸が痛む。

もう一つは、カーポートを取り付けた時のこと。帰宅するなり、「どういうことだ。俺は何も知らなかったぞ、いきなりできていた」と超おかんむり。

そんな訳がない。カタログも見てもらったし、話の進み具合も承知していたはずだった。

だが仕事で頭が一杯の夫は、家に帰ってまで私の雑談、戯れ言なんぞ聞きたくもない。

話そうとすると、新聞でサッと顔を隠し、「うるさい、黙れ、くだらん」の三言亭主。

だから、この件に関しても、右から左に、スルーしていたということか。

相手にされない私も、この程度のことで、あれこれ煩わせるよりは、さっさと進めたい方だった。言ってみれば、やりくりの範囲内だと思っていた。だが夫は違っていた。きっと、自分で答えを出したかったのか。

何百万円もかかるリフォームとは勝手が違うし、この位どうってことないし、今でもそう思っている。私もやっぱり自分で決めたい。

だから夫は「この家には女が居ない」と言う。その通りだから、あさっての方を向いて素知らぬ振りで黙っている。

空気が読めない気が強い女を相手に、ご苦労さまでした。

私は思う。これから先、長くもない余生を、余計なことにエネルギーを使いたくない。何も要らない。気持ちの通い合う友人知人には十分恵まれている。大笑いし、そうそうその通りと肯き合って暮らせばよいのだ。私のことは何も心配しないで。大丈夫だから安心して。

巣立ち

長女が結婚した。彼女は「結婚はするけど嫁にはゆかない」と妙なことを言って、自分達の心に適うやり方を通した。

面喰らったしモヤッとしたが、言う通りにさせようと思い、従った。

明日はこの家を出てゆくというその日、夫は長女に「これを」と言って、通帳と印鑑を渡した。長女はパッと顔を輝かせ「うわっ、いいのぉ」と大喜び。見ると、定期と普通預金にずしりと重い祝儀が入っていた。

長女は、私達に「お金も要らないから、口も手も出さないで」と宣言。だから私は言われた通り、何もしなかった。

なのに、夫は、お金だけを黙って渡した。もう完敗で唸るしかなかった。

私には、いわゆる普通の母親らしさは、情けないが、あまりない。

が、夫は違った。「でも要るだろう、喜ぶだろう」と心を配っていた。子供達全員が、父親びいきなのは当然のことだった。

何度パンチを喰らっても、一向に響かない私の分まで、夫は一人でふんばってくれている。

私も、遅まきながら、ゆっくりゆっくり見習ってゆくしかない。

これからは亀さんいたします。

子供達のマイホーム

長女が結婚して二年後、家を購入したいから一緒に見て、と下見に誘われた。

使い勝手も良さそうだし、いいんじゃないの、と賛成する。後日、長女がやって来て、夫に援助を申し込んだ。

夫は「幾ら要るんだ?」と。私だったらそうは言わない。「幾らなら出せる」だ。

子供は三人だし、自ずと限界がある。

夫は、二女の時も長男の時も、同じようなやりとりだった。

だから、いつも、話はすぐ決まった。成る程と、またもや感心してしまう。

まず、相手の状況をちゃんと受け止めている。私のように自分の都合が最優先ではないのだ。容易であろうと難儀であろうと、「わかった」と答えてやる。だから子供達も、そこをよく見極めた上で、過不足なく必要かつ十分な額の落とし所を心得ている。不満はない。

スマートにさらりと大人対応で、見ていてまことに気持ちがいい。

どう言ってよいのかわからないが、通帳を公開したわけでもないのに、三人は私の懐具合がわかるようで、私には何も言ってこない。

「ママは貧乏だから、ママは欲が無いから」と、失礼なことを平気で言う。けれども、こうも言う。「文無しなのに、どうしてお金が無いようには見えないんだろうね」

私が答えるまでもなく、よく承知している。

父のことを思い出す。

戸建てを購入してこの地に越して来た頃のこと。新築祝いや、二女と長男の七五三と、何かと物入りが続き、親戚の出入りで忙しかった。

私の様子を気に留めて、父から封書が届いた。「大変なあまり、子供達に切ない思いをさせることのないように。特に、〇子（長女）には十分気を配ってほしい云々」とあって、中に五万円が入っていた。

父にそんな心配をかけていたなんて、全く気付かなかった。知らなかった。

私の眼も口も、そんなにとんがり放題だったのか、溢れる涙とともに、父母の居る東に向かって押し戴いた。

祖父に守られていた長女は、まことに果報者だった。

もう四十年も前の、苦い思い出だ。

自営業に

自宅二階の一部屋を仕事場として、夫は、平日は東京の会計事務所に勤務、土・日は、アルバイトに励んだ。

一年三百六十五日、休みもとらずに働いた。そして、バイト代が給料を超えた時、念願の区切りをつけたのだ。

「貯金はこれだけある。何とかやってゆける」そう言われて反対するわけがない。がんばり屋だ。根性がある。計画性も説得力もある。もう全て思い通りにしてもらおう。そう考えて「生活費だけもらえればそれで十分」と答え、翌月から、受け取る金額はガクンと減った。

私は、夫の収入はもちろんのこと、貯金も借金も一切タッチしなかった。それは夫にとって、初めて、経済を我が手に取り戻した実感だったと思う。猛然と働いた。

やがて、欲しかった自分の事務所も手に入れた。ローン二つをかかえてエンジン全開だ。脇目もふらず、我が道を邁進した。長女成人、二女高校生、長男中学生の頃だった。

諺に言う、「総領十五、貧乏の盛り。末っ子十五、栄華の盛り」は我が家には当てはまらず。いつもいつもお金とのマラソンだった。

夫がこれだけがんばってくれているのだ。その覚悟の程を思うと、私だってやりくりの二つ、三つは当たり前。いくらだってがんばれた。

孫の誕生

私達が、六十四歳と六十歳になった年、二女に第一子が生まれた。初孫だ。

初めてこの手に抱かせてもらった時、夫は、何とも柔和ないい笑顔を見せてくれた。子供三人が驚いて「パパが笑った」と。

いつも厳しい表情で、それしか知らなかったから、私も非常に驚き、かつ、また、こんなに嬉しいことはなかった。

西国巡礼で、関西をぐるり廻ること二回。十分に満足し終了となったその直後のことだった。だから、私にとっては、観音さまからの贈り物のように思え、心から喜んだ。

初孫に続いて三年後、今度は長女に第一子誕生。二人共、女の子である。そして続く七年後、二女に第二子誕生。男の子だった。

私達は、老いのスタートラインに立った。

肺炎

還暦の春、私は風邪をこじらせ肺炎になった。夫と長女に支えられ受診。そのまま入院となる。歩けない、声が出ない、力が入らない。

何かの数値が異常に高く、先生は夫に、「今晩が〝ヤマ〟です」と。

私は何も知らない。「やれやれ、やっと横になれた、あァ楽チン」程度のとらえ方。

これが幸いしたのか、翌日はすっきりとし、歩き始めたので先生は目を丸くした。

ぐんぐん回復し、十一日後退院した。が、このあとが大変だった。筋力ガタ落ち。足にちっとも力が入らず、雲の上をさ迷うが如し。

そろりそろりと暮らした。もう、このまま飛んで跳ねてなど夢のまた夢――。

半年余り、そんな頼りない日々だった。

ある日、山友達のNさんから「歩かなきゃ。歩こうよ」とお誘いが。

初級者コースのトレッキングに申し込む。

山の魅力

案ずるより何とやら、このトレッキングを完遂して自信を取り戻した。彼女はいのちの恩人だ。

以後、誘われるままに幾つも山を登る。感動したのは栗駒山。一面の霧の中、へとへとになって登ってゆく。中級コースの山だった。

そこに群生していたのは、高山植物の女王、〝駒草〟だった。小さくて儚げで可憐な花。ピンク色の、まるで俯くバレリーナ。

なんでも、この花は七年以上の長きに亘って地中で生命を育んで、ようやくこうして地表に姿を現すのだとか。そういえば、〝片栗〟の花も、八年間地中に在ると聞いたことがある。何と健気な花達……。

以後、尾瀬には複数回。また、霧島縦走と、続く屋久島行き。あの縄文杉を仰ぎ見る等々健やかで充実した六十代となる。

悪夢の七十代・三つ巴

そして迎えた古稀の年。夫が不調を訴え受診した。男のガンだった。このガンは、ガンの中でも生存率は一番高い。油断もあった。

夫は診察に私が同行するのを嫌がったので、遠慮する外なかった。今思えば、もっと強く出て、診察室にも入り、この目で耳でよくよく見極めるべきだった。

お盆になって、いつものように実家へ行く。高齢の母の代わりに、お墓掃除、お参り、集落や親戚の新盆見舞い等をこなしてゆく。また、泊まっている時だしと、普段できない分、せっせと片付け始めた。

この頃、私はごみ出しに合わせて週二回、火・金と実家に通っていた。それなりに疲れがたまっていたのか、誤って転倒した。

一瞬気を失ったが、ハッとし、チェックする。目、見える。口、しゃべれる。つねれば痛い。出血、ケガ無し。まずは大丈夫そうだった。

急いでお湯を張り、汗だらけの体をきれいにした。上衣の着脱は何とかできた。が、体の深い部分で妙な鈍痛があった。

耳の遠い母には「明日帰る、病院に行く」とだけ伝え、すぐ横になった。

翌朝はもう動けなくなっていた。何とか朝ごはんを食べて、薬を飲む。タクシーを呼ばなくちゃと思ったところに電話が鳴り、母が出る。

二女からだった。

天の助けとばかり、すがる思いで声をふり絞り「迎えに来てェ」と絶叫した。もう声はかすれ息は苦しく、さすがに容易ならざる状況であることは自分でもわかった。

一時間半後、娘達が来た。孫と二人で私を動かそうとしたが、あまりの激痛でお手上げ。

救急車が来た。ご近所さんが皆出てくる中、県立病院に搬送された。二〇一七年八月十五日のことだった。

夫のこと、母のこと、そして我が身のこと。いきなり三つ巴の大渦がまわり始めていた。

再びの入院

診断によれば、肋骨五本骨折。おまけに、肺炎、気胸とトリプルパンチ。特別室に入れられて何たることか、私はつまり寝たきり老人と相成った。

娘達がフル回転で動いてくれる。介護保険の利用を頑なに拒んでいた母も、私の現状から最早受け入れざるを得ず、と観念した。

近くに住む従妹に全面的に助けてもらい、申請、認定と、とにかく最優先で動いてくれて、これは本当に有り難いことだった。ケアマネさん、ヘルパー長さん達の献身的な協力のもと、母に関してはひとつ安堵した。

おせわになる皆さんには夫のことも全て話し、「安心してください、任せてください」の力強い言葉を頂く。一つひとつ胸にしみ通ってきた。以後どれだけ助けられたことか、ただ、ただ、感謝の二文字しかない。

私も少しずつ回復し、やがて相部屋に移り、リハビリも順調に進んでゆく。涼風の吹く頃、ようやく我が家に戻れた。痛みはまだまだ続くけれども、何より自宅が一番だ。

夫の転院

夫の具合はなかなか思うようにはゆかなかった。一日一万円もする高価な飲み薬も、次第に効かなくなり、抗ガン剤投与のための入院が伝えられた。私は慌てた。「この薬を使うのは、この病院では初めて」と言うので、大変恐れたのだ。

切羽詰まって、友人で元ナースのSさんに相談する。「すぐ転院を！」と促され、目が覚めた。逃げなくては、その一心だった。

ところが、これがもう本当に大変で——。裏の裏の、見たくもないことばかり散々見せつけられる有り様で、腹立ちなど超えていた。

連日足を運び、粘りに粘って十日余りかかってようやく紹介状を手に入れた。はやる思いで転院先へ。けれども遅すぎた。希望していた重粒子線治療は、もっと初期の人が対象で、夫は受けられなかった。もう、四月になっていた。花も緑も目に入らなかった。

まずは放射線を、となって毎日通院した。

これは、夫は「気持ちいい」と喜んだ。でも主治医は「いきなり歩けなくなります」と。驚いたが、とにかくなすべきことをせねばと、介護保険の申請をする。母の時で勝手がわかっていた娘達が、今度も全部代わってやってくれて本当に助けられた。もう、感謝のみである。

ケアマネさんはじめ、関わるあらゆる人と車の出入りがあり、そして介護ベッドが置かれ、玄関から門まで手すりが設置された。

本人はしゃんとしているし、私も、現実感が全く湧かない。

五月一日、令和がスタートした。先生は、「これからです。一緒にがんばりましょう」とおっしゃってくださるけれど、この先どうなってゆくのだろうと、正体の見えない不安でいっぱいだった。

初めの頃は、夫は車を運転して行けた。そのうちきつくなったのか、二女に送迎を頼んだり、タクシーで行ったり。車椅子になってからは専ら介護タクシーを利用した。とにかく通院は大変だった。

診察前に採血採尿がある。朝一番で行くが、開院前から長蛇の列。大急ぎで行くも、またまた長蛇の列。会計も、薬も、ひたすら待つ。

診察は予約制で、私も娘達も毎回同行した。もう夫は諦めたようで、渋々付き添いを承知してくれる。

先生にいろいろ質問し、確認、メモをとる娘達に、先生は、「お父さん、愛されてますねぇ」と。

いいえ、誰でもこういう時にはこういう気持ちになりますよ。

でも、確かに夫は愛され父さんに違いなかった。

効かない

十月から、一本七十万円の注射が始まった。これは、抗ガン剤治療に入る前ならば可能ということで、まずこちらを先にしてもらう。

「放射性同位元素」のプレートを目にした時、理科の授業を思い出した。アイソトープ、その中身はさっぱり覚えていない。

「七、八割方効くんですけどね」と先生。夫は「俺はいつも効かない方に入ってしまう」と心細げに呟く。「そんなこと言わないで希望を持とう、がんばろう」そう励ます。

だが、六回できるはずが、二回で終わった——。心配していた、効かない方の二、三割に入ってしまったのだ。夫の落胆ぶりは見ていられなかった。皆で沈黙、言葉がみつからない。

何てことだろう。それでも前を向くほかない。

十一月、もう秋は深まっていた。

歩けない

翌十二月十七日払暁（ふつぎょう）、けたたましい鈴の音が鳴り響きはね起きた。ゆうべ、夫のベッドの脇に結んでおいたお大師様の鈴——。

転げるように下りてゆくと、夫が「歩けない――」と。

恐れていたその時がとうとう来てしまった。「トイレに行こうとしてひっくり返ってしまった」と言う夫を夢中で支え起こし、クッションや座布団を手当たり次第に積み重ねて安定させた。

子供達に知らせ、看護師さんに連絡し、救急車の手配をお願いする。入院用品の仕度をして玄関に置き、パジャマを脱がせ着替えをさせる。

本人の絶望的な気持ちを思うと胸がつまる。代わってやれない、わかってやれない。痛みと苦しみに耐え、辛い日々を我慢してきたのだ。

救急車が来て、救急外来に運ばれ、そのまま入院となる。私は祈る思いで廊下のソファーにうずくまる。

その後、一般病棟に。ナースセンター前の、四人部屋だった。個室の空きをそこで待つ。

数日後、個室に移れてホッとした。

夫はもう覚悟を決めていた。顧問先に迷惑はかけられない。その一念で、精力的にパソコンに向かい始めた。

仕事を断念

そして、神奈川県の分については、後輩のK税理士さんが快く引き受けてくださることになり、夫も私達も胸をなでおろした。

氷雨降る中、横浜から先輩のIさん、後輩のKさんが面会に来てくださった。Iさんとは半世紀ぶり、Kさんは、お名前は存じていたがお会いするのは初めてだった。お二人とも、包み込むようなやさしさの持ち主で、とても心が落ち着いた。夫の顔はパッと輝いた。心から喜んでいた。

郵便はがき

料金受取人払郵便

新宿局承認

7553

差出有効期間
2024年1月
31日まで
(切手不要)

1 6 0-8 7 9 1

1 4 1

東京都新宿区新宿1－10－1

(株)文芸社

愛読者カード係 行

ふりがな お名前		明治 大正 昭和 平成 年生 歳
ふりがな ご住所	□□□-□□□□	性別 男・女
お電話 番 号	(書籍ご注文の際に必要です) ご職業	
E-mail		

ご購読雑誌(複数可)

ご購読新聞 新聞

最近読んでおもしろかった本や今後、とりあげてほしいテーマをお教えください。

ご自分の研究成果や経験、お考え等を出版してみたいというお気持ちはありますか。

ある ない 内容・テーマ( )

現在完成した作品をお持ちですか。

ある ない ジャンル・原稿量( )

書　名				
お買上 書　店	都道 府県	市区 郡	書店名	書店
			ご購入日	年　　月　　日

本書をどこでお知りになりましたか?

1.書店店頭　2.知人にすすめられて　3.インターネット(サイト名　　　　　　　　)

4.DMハガキ　5.広告、記事を見て(新聞、雑誌名　　　　　　　　)

上の質問に関連して、ご購入の決め手となったのは?

1.タイトル　2.著者　3.内容　4.カバーデザイン　5.帯

その他ご自由にお書きください。

(　　　　　　　　　　　　　　　　　　　　)

本書についてのご意見、ご感想をお聞かせください。

①内容について

②カバー、タイトル、帯について

弊社Webサイトからもご意見、ご感想をお寄せいただけます。

ご協力ありがとうございました。

※お寄せいただいたご意見、ご感想は新聞広告等で匿名にて使わせていただくことがあります。

※お客様の個人情報は、小社からの連絡のみに使用します。社外に提供することは一切ありません。

■書籍のご注文は、お近くの書店または、ブックサービス(0120-29-9625)、セブンネットショッピング(http://7net.omni7.jp/)にお申し込み下さい。

仕事第一の夫は晴れ晴れとした面持ちで、瞳は輝き、多分病気のことはすっかり頭になかったと思う。

三人での打ち合わせが済んで、私も室内に入り共に語り合う。

Iさんが目を細め、思い出すように語る。「僕達はね。彼のことを〝鉄の男〟と呼んでましてね」。まさしくその通りの鋼鉄の男だったから思わずうなずいてしまう。立派な異名を戴いたこと。

初めて聞いたけど、何だか私までとても嬉しい。

そしてこの続きで、昔、私が入賞した時のことを夫はとても喜んでいたのだと教えてくれたのだ。もっとも、夫のいる前ではなくて、お二人をお見送りしようと、タクシーが来るのを待つ間のことであった。

整理、整頓、全て手放す

それからは、夫は次から次に二女に指示して、引き継ぎ、連絡、整理整頓と、どんどん片付け始めた。

二女もよくがんばってくれて、事務所をはじめ、手際よく後片付けをしてくれた。また、我が家に来ては、夫の指示通り、細々した物まで全て処分してくれて大変有り難いことだった。大きなごみ袋をいくつ出したことやら。

夫も二女もエネルギッシュに取り組んでくれて、安心して治療に専念できたのは何よりだった。もちろん、長女も長男も全面的に協力してくれた。三人の助けがなかったら、きっと私は大混乱の中でボーッとつっ立ったままだったと思う。身辺整理の四文字の中に込められた思いは、体験して初めてわかることだらけだった。

それにしても、よくあれだけの物を片付けたこと。厖大(ぼうだい)なエネルギーを使い果たした――。

夫は、その後ろ姿で、「整理とは何か」を身をもって示してくれたのだ。

思いが届き、リハビリへ

夫の入院中、私は連日病室に通い詰め、マヒした足をマッサージした。先生は「このままです」とおっしゃるけれど、そんなことに関係なく一生懸命さするのみ。

ある日、夫に感覚が戻った。看護師さんに伝えると大喜び。それを聞いてS先生も飛んで来た。有り得ないことが起きたので、私は益々マッサージに励んだ。

初めの頃の回診時、連れ立って入って来た大勢の先生方の中には、当然のことながら「甲斐なきことを」の視線も交じっていた。

が、少しずつ一つずつ夫が回復してゆく様子を見て、「マッサージですか」とやさしい眼差し、声かけがあって、若い先生達はとても喜んでくださった。

辛い時には、薬より注射よりこれが一番効くし嬉しい。いっぺんに元気が出る。聞けば、ほとんどの人がマヒしたままなのだと。重すぎる現実を前に、とにもかくにも一歩前進した。

リハビリの先生は、しょっちゅう病室に足を運んでくださり、まことに実直でやさしい方だった。救急外来でお世話になった先生も、よく来てくださって励ましてくださって嬉しい限り。

リハビリの先生はポイントをわかり易く説明してくれて、また、夫の気持ちを上手に引き上げて励まし力づけてくださった。応えて、夫も懸命に辛いリハビリを耐え抜いた。

私も娘も、七階のリハビリ室通いは喜びだった。何しろ、前回できなかったことが、今回はスッと楽にできるようになり目をみはった。ベッドから車椅子へ、その逆も、移乗が上手になり体の機能をどんどん取り戻してゆく。ずっとここに通えたら、と思わずにはいられなかった。

だがそれは叶わなかった。リハビリを望めばリハビリ専門の病院に行くことになり、ここでの治療は受けられない。終わるのだ。すごく矛盾を感じつつ、今は治療を選ぶしかない。

手を放して、一人で一歩踏み出せる直前まで回復したが、二ヶ月後の二月十七日、後ろ髪を引かれる思いで退院した。

この一回目の入院中、仕事を断念した夫は私に言う。

「借金は無い。預金はどこどこに幾ら。保険も幾ら。俺が死んだらお前が半分を。子供達は六分の一ずつだ」

この先を見つめて必要なことを伝えている。それはわかる。でも今は、まずは治療最優先で考えてもらいたい。お金を残そうなんて思わずに、自分で働いたお金なんだから存分に使ってほしい、子供達だって同じ、そう思っているから、と伝えた。

こんなに大変な状況なのに、どうしてそんなに家族のことばかり考えてくれるのだろう。

「とにかく言う通りにするから安心して」としか言えなかった。

その頃だ。新型コロナウイルスなるものが無気味な広がりをみせ始めていた。

コロナ禍で

退院してからは、訪問リハビリと通所リハビリを組んで施設のデイサービスも利用した。

四月、デイサービスから帰った夫は風邪気味だった。熱が上がったり下がったりして不調となる。が、コロナで騒然とする中、なかなか受診につながらない。

看護師さんが直接病院に交渉してくれて、ようやく行くことができた。行くには行った。が、受診は叶わず、発熱外来へ行くよう指示された。そこで検査を受け、翌日陰性とわかった。その後改めて予約がとれて、ようやく診てもらえた。

が、この数日のもたつきで夫は肺炎を起こしてしまい、そのまま入院する羽目に。もう、面会は叶わず、必要な物をナースセンターに届けるのみ――。たとえ水のボトル一本でも私は通った。すぐ目と鼻の先に夫が居るのに会えないのだ。何ということだろう。暗然とした。夫はどんなに心細かったことだろう。本当に、とんでもない状況になっていた。

「コロナの様子を見極めた上で抗ガン剤の投与スタート」の予定だったが、肺炎を患ったため、その道は閉ざされてしまった――。

夫の落胆といったらなかった。悄然とし、無常のど真ん中に立ち尽くしてしまった。

絶望の淵に沈む夫。最大のピンチとなる。

三週間後の五月、夫は退院した。

覚悟

夫の痛みは次第に増し、その治療薬の調整のため、三度目の入院となったのは七月のことだった。家族全員、追いつめられていた。

娘達はいろいろな専門家に助言を仰いだし、私も、元ナースのSさんに来ていただいて相談した。この時、訪問看護のお仕事をされている親友の方も一緒に来てくださって「大丈夫よ、心配いらないから」と励ましてくださった。

夫のいのちの炎がゆらめき始めている――。私は覚悟した。このコロナ禍で、会えないのに緩和ケア病棟入院など考えられなかった。

もう十分すぎる程十分、夫はがんばった。あとは家族と共に過ごす時間が必要だ。

私達は迷うことなく「在宅」を選んだ。

最後の面会、そして我が家に

特別許可を得て、ようやく病室に入れた。夫はもう限界だったのだ。たった一人で、不安と孤独でつぶれそうになっていた。

ひと回り小さくなった夫が、まるで幼児のような心細い顔で私達を見つめていた。

あの日の表情と瞬時につながった――。夫と見合いをした日のショックは忘れられない。

この世にこんなに深い孤独のオーラをまとった人がいるなんて、と胸塞がれる思いで苦しかった。

だから、断ったりしたら大変なことになる、と恐れた。

一旦は承知したものの、やっぱり迷った。見知らぬ土地で貧しい暮らしをするのはどうにも気が進まず、断った。

ひどい女である。不誠実この上ない私に、夫から封書が届いた。そこには、男らしく、誠実で清々しさがいっぱい溢れていて、心から恥じ入った。そして退路を断って「尽くそう」と決意した。あの時の手紙は大切にしまい、時々読み返しては初心に返るよすがとしてきた。

だから、四十数年も経って、すっかり忘れていたあの日の顔に再び逢うなんて思ってもいないことだった。一刻も早く家に連れ帰りたかった。

八月十四日、退院となる。細やかな心遣いで私を励まし続けてくださった調整の看護師さんと、あんなによくしてくださったリハビリの先生が病室まで来てくださって、皆で別れを惜しんだ。

夫がもう来ることはないこの病院に深々と頭を下げて、介護タクシーに乗り込んだ。

医・看・介・薬　全て自宅で

先生は隔週で往診。看護師さん・介護士さんは連日交替で。薬も届くし、洗髪・入浴・床屋さんは全部ＯＫ。本当に有り難い。

介護制度がスタートして二十年。手を合わせる。

「みとり（看取り）」に携わる人達の奥ゆかしさ、丁寧さ、細やかな配慮、静かで的確な所作対応。いずれもさすがプロとしみじみ感じた。

大好みの、そういうすばらしい人達に囲まれて、和やかで心地よい空間を得、夫はどんどん回復した。先生も「ふっくらされましたね」と共に喜んでくださった。

夫は昔から自分の好みを貫いた。ごはんは白米のみ。混ぜたり載せたりは一切駄目。外食は嫌い、コンビニ弁当もダメ――。どうしたってワンパターンの変わりばえしない毎日だった。

ただ豆だけは大好きだったから、切らすことなく小豆と黒豆を炊いた。台所中にいい匂いが漂うひと時は、何よりホッとできる束の間の時間でもあった。

長女はせっせと手作りプリンを届けてくれて、夫はおいしそうに口にしていた。だが、それらも次第に食べられなくなって、最後の頃は、ゼリー食やアイスクリームになっていった。

夫は自分の体調を見計らって、姉兄妹の三人に電話をかけ、現在の状況を知らせた。

「誰にも言うな」を守ってずっと黙っていた私だが、自分の口でちゃんと伝えたかったのだろう。コロナ禍ゆえ、お互いを思って往き来は無しにしてもらったが、静岡県から兄家族が来てくれて、夫は大層喜んだ。積もる話に時は過ぎ、心から満足した表情だった。

その辺りからぐるっと何かが変わっていった。夫にははっきりとわかっていたのだろう。ある日、息子と私にポツリポツリと語り始めた。

今まで決して口にすることのなかったその胸の内を、嗚咽まじりに一気に吐き出すその姿は壮絶だった。

これを言わなければ死ぬに死ねないのだとまっすぐに伝わってきて、身じろぎもせずに耳を傾けた。辛い悲しい体験を、忘れろという方が無理なのだ。

語り終えてすっきりしたのか、夫は両手を前にさし出した。うなずいた息子はベッドに上る。夫の両手をしっかり握り、ゆっくり、ぐうーんと上半身を起こしてやった。「ああ、いい気持ち」、うっとりとしながらも眼には力が漲ってきた。息子はそれを何回も何回もくり返し、ようやく「もういいよ」の声で終了した。かなりの体力を要したと思う。本当によくやってくれた。伝え聞いた二女も、来ると、背中伸ばし運動を何回もしてくれて、夫は「あァ気持ちいい」と喜んだ。残り時間はもうわずか。私は三人の孫に「おじいちゃんありがとう」のメッセージを伝えてもらおうと思い、「自分の得意なことをご披露して」と頼んだ。

中二の孫は得意のダンスで。切れっ切れのパンチの効いた踊りは、見ていてとても気持ちがいい。元気だった頃は、よく夫婦で彼女のダンス発表会に行ったっけ。懐かしい。

小五の孫は、持参した折り畳み式のピアノを広げた。「エリーゼのために」「クシコス・ポスト」「メヌエット」等々、何曲も演奏してくれた。この子は誕生会・喜寿の祝い・敬老の日など、よく演奏してくれた。折々のシーンが甦る。

四歳の孫は、はにかみながら、お気に入りの曲「ハッピー・バースデー・トゥー・ユー」を歌ってくれた。

この光景を、夫はしっかりと眼にやきつけてくれたことだろう。切なくて哀しくて言葉にならない。小波（さざなみ）のように思いが次々と寄せてきた。

また二女は、予定を早めた五つの祝いとして羽織袴姿の孫を見せに来てくれた。緊張しながらも、元気でりりしい若武者ぶりがとてもまぶしかった。

向かい始めた夫

往診の後、先生が玄関を出てから「お別れが近づいています。最後のことばかけを」と。

信じられない。まだ食事も摂っているし、会話もできる。なのにどうして？

データが示し始めているのだろうか。そういえば、いつの間にか計測や処置などがなくなりつつある――。

家族が次々にやって来て、各々謝意を、敬意を、思いの限り伝えた。そうして少しずつ意識は遠退いてゆき薄れてゆく――。

いつもの足のマッサージも、指先から少しずつ冷たくなってゆくのがはっきりわかった。

ベッドの横には酸素ボンベが置かれ、5まであるその目盛りが次第に上がっていった。

夫はもうあちらに向かって歩み始めたのか。間遠になる反応。浅く弱くなってゆく呼吸。その中で、静かに正確に時だけが刻まれてゆく。

私は涙ながらに、最後の感謝とお礼を伝えた。聞こえたよね。わかってくれたよね。

最後の最後まで、家族を思い、守りきった夫は、退院から三ヶ月後の十一月十四日、午後十二時十一分、静かに息絶えた。享年七十八歳。

責任と義務を全うし、高潔な人生を歩いた立派な夫だった。

丑年にスタートして子年に終わった、私達の四十七年間のご縁だった。


騒がしいことを何より嫌った夫の思いを汲んで、コロナ禍の下、家族だけで自宅でお別れをした。「しめやかに」の言葉通りの落ち着いた別れとなった。

出棺の時、ご近所の皆さんがお見送りしてくださって、感謝の思いで頭を下げて斉場に向かった。


その後、押し入れをリフォームして仏壇を納めた。

仏間となった和室に私は正座する。毎朝、灯明を灯し、お香を供え、読経する十五分間が一日の気持ちの良いスタートだ。

七七日忌（なななぬか）、百箇日、春彼岸、新盆と暦に追われつつ、私達らしいやり方でご供養している。
あとはお墓だけ。あなたの言う「十人一緒に入ればいいだろう」に従ってみつけます。
そして、好きだと言った五輪塔を建てます。
今しばらくお待ちください。

著者プロフィール
平野 美智子（ひらの みちこ）
昭和22年生まれ。
千葉県出身。

その先へ

2022年11月15日　初版第１刷発行

著　者　平野 美智子
発行者　瓜谷 綱延
発行所　株式会社文芸社
〒160-0022　東京都新宿区新宿１−10−１
電話　03-5369-3060（代表）
03-5369-2299（販売）

印刷所　図書印刷株式会社

ISBN978-4-286-25071-7

cheer